CHASSEURS DE MYSTÈRES

24-32, rue des Amandiers, 75020 Paris – France.

Mise en pages : Audrey Izern
Correction : Nathalie Coët

Loi n° 49-956 du 16 juillet 1949 sur les publications destinées à la jeunesse,
modifiée par la loi n° 2011-525 du 17 mai 2011.
Dépôt légal : mai 2023.
Imprimé en Serbie. Printed in Serbia.

FSC www.fsc.org MIXTE Papier issu de sources responsables FSC® C117682

CHASSEURS DE MYSTÈRES

Les prisonniers du fort Boyard

Écrit par Vincent Raffaitin
Illustré par Nicolas Rix

AUZOU
ÉCLAIR

Vincent Raffaitin

Vincent Raffaitin a choisi de partager son temps dans divers domaines artistiques : l'écriture et la création lumière dans le spectacle vivant.

Grand amateur d'énigmes, de *La Guerre des étoiles* et de jeux de plateau, il est auteur de romans, de livres-jeux et de livres d'enquêtes.

Il est également l'auteur de cette concise biographie à la troisième personne.

Nicolas Rix

Au clair de lune, Nicolas Rix illustre
des livres pour enfants,
des séries d'animation et des jeux vidéo.
Il est fortement influencé par
les bandes dessinées et les jeux.
Nicolas vit et travaille au Cap, en Afrique du Sud.

CHAPITRE 1

Une grande nouvelle

Famille et amis sont réunis au restaurant versaillais *Chez Gabbie* pour fêter le onzième anniversaire d'Axel. L'ambiance est joyeuse et festive. Il faut dire que Cyril, le propriétaire du restaurant et père de Gabbie, a fait les choses en grand ! Son établissement est privatisé et la nourriture fantastique !

Tout en se gavant de délicieux acras de morue, Axel discute et rigole avec son frère Nathan et

sa sœur Gabrielle. Non loin d'eux, Cyril, Sophie et Pierre sont plongés dans une grande discussion.

Arrive maintenant l'heure du gâteau. Les lumières se tamisent et toute l'assemblée se met à chanter : *Bon anniversaire, nos vœux les plus sincères, que ces quelques fleurs vous apportent le bonheur*...

Le bonheur ! Pour Axel, il est loin d'être complet. Certes, il est ravi d'avoir sa famille réunie pour lui, mais une personne manque à l'appel : sa maman. Une fois de plus Isabelle n'a pas pu se libérer pour l'anniversaire de son fils. Elle est certainement occupée par un reportage très important ; Axel le comprend, mais cela ne l'empêche pas d'être triste. Bien qu'il fasse tout son possible pour le cacher, une larme commence à perler au coin de son œil.

Alors que les adultes sont affairés à couper le gâteau, déboucher le champagne et préparer les cadeaux, Nathan s'approche de son petit frère et le prend dans ses bras en lui murmurant à l'oreille :

— Tout va bien. On est là, nous ! Et rassure-toi, je suis sûr qu'elle pense fort à toi.

Axel le serre dans ses bras.

— Merci Nathan, marmonne-t-il.

Pierre, qui n'a pas remarqué le petit coup de chagrin de son fils, dit alors :

— Qui veut ouvrir ses cadeaux ?

Axel sèche d'un revers de la main ses larmes et, se forçant à sourire, se dirige vers la table sur laquelle trônent de jolis paquets bien emballés. Le premier cadeau contient une coque de téléphone. Son sourire laisse place à une moue interrogative. Il s'empresse d'ouvrir le paquet suivant et découvre, avec une joie non dissimulée, un téléphone portable !

— Oh ! Trop de chance ! dit Gabbie en regardant par-dessus l'épaule de son frère.

Aussitôt, le téléphone se met à sonner. C'est un appel vidéo. Intrigué, Axel décroche.

— Joyeux anniversaire, mon chéri ! dit une radieuse voix de femme à l'autre bout du fil.

— Maman ! s'écrie Axel. Je suis trop content de te voir ! Même si ce n'est pas en vrai.

— Je sais, mon trésor, je suis vraiment désolée de ne pas pouvoir être parmi vous. Mais grâce à ton nouveau téléphone, on va pouvoir communiquer plus facilement, s'envoyer des photos et des messages !

— Oui, c'est super ! Merci beaucoup à tous pour ce super cadeau ! Je suis très content.

Axel et sa maman discutent quelques minutes avant de raccrocher.

— Ça a l'air d'aller mieux, lui dit Nathan en souriant.

— Oui, beaucoup mieux. Merci pour tout à l'heure, c'était très gentil de ta part.

— Il est délicieux ce gâteau ! bafouilla Gabbie, la bouche pleine. Vous devriez en prendre pendant qu'il en reste !

Les discussions reprennent gaiement dans la grande salle du restaurant. Toutefois, Axel, en retrait, observe les adultes d'un œil intrigué ; il s'approche de Gabbie et de Nathan et leur chuchote :

— Dites, vous ne trouvez pas que les parents agissent bizarrement ?

— Carrément ! Depuis qu'on est revenus de chez Maryse et Daniel, je les trouve chelous. Vous croyez que c'est en rapport avec notre carnet de mystères ? répond Nathan.

— Peut-être, marmonne Axel, pensif.

Les enfants se mettent à fixer Sophie et Pierre tout en avalant une part de gâteau. Soudain, Gabbie s'étouffe à moitié.

— Ça va ? demande Axel.

— J'ai compris ce qu'il se passe, répond-elle. Venez avec moi !

Les garçons suivent Gabbie qui arrive près de sa mère et de Pierre.

— Dites voir tous les deux, dit-elle amusée en regardant le ventre de sa maman, vous n'auriez pas quelque chose à nous dire ?

Sophie et Pierre se regardent, un peu gênés par la tournure des événements. Ils sont démasqués.

— Comment as-tu deviné ? questionne sa mère en souriant.

— On ne m'appelle pas Gabbie Holmes pour rien, répond-elle en enlaçant sa maman de toutes ses forces.

Pierre, voyant ses deux garçons perplexes, ajoute :

— La famille va s'agrandir !

— Super ! soupire Nathan en levant les yeux au ciel.

Axel ne sait pas trop comment réagir. Mais au fond de lui, il est très content. Il rejoint l'accolade familiale.

— L'accouchement est prévu pour août, dit Sophie. Et non, nous ne savons pas si c'est un garçon ou une fille, ça sera la surprise !

— Toutes mes félicitations, s'exclame sincèrement Cyril. Je trinque à votre santé !

Les enfants s'écartent de leurs parents et se réunissent autour de la table où sont regroupés les cadeaux.

— C'était donc ça ! Rien à voir avec le carnet, dit Nathan, presque déçu.

— Effectivement ! Mais c'est au moins un mystère de résolu, observe Gabrielle.

— D'ailleurs, il va falloir sérieusement se pencher sur un autre mystère ! ajoute Axel. Il faut trouver l'identité de l'homme qui a été surpris dans les catacombes de Paris en 1985.

— Celui qui ressemble à Gaspard ? demande Gabbie.

— Oui. Essayons d'aller interroger Juliette, l'épicière, en début de semaine prochaine, propose Nathan. Qui sait ce qu'elle garde d'autre dans son album de photos souvenirs !

— Ça ne sera pas possible, on est en voyage scolaire.

— Ah oui, c'est vrai, sans moi ! se lamente Nathan.

— T'en fais pas ! Grâce à mon téléphone, je pourrai t'envoyer des photos de La Rochelle ! plaisante Axel.

— Très drôle ! grince Nathan. Et tu comptes m'envoyer l'air marin par SMS ?

— C'est une bonne idée, dit Gabbie en rigolant. Promis, on te rapportera quelque chose !

CHAPITRE 2

Départ imprévu

Axel est allongé sur son lit aux côtés de sa sœur, le nez plongé dans le carnet des mystères. Il tourne les pages à la recherche d'une nouvelle énigme.

Quant à Nathan, il est dans sa chambre. D'une part, il est déçu de ne pas faire partie du voyage scolaire et, d'autre part, il est en plein échange de SMS avec Mathilde, sa petite amie. Mais quand il entend son frère et sa sœur s'écrier dans la pièce voisine, il ne résiste pas à l'envie d'en savoir plus et court les rejoindre.

— Vous avez trouvé quelque chose d'intéressant ? fait-il, d'un ton faussement désinvolte.

— Oui, répond Gabbie, regarde.

Sur la page que Nathan a sous les yeux se trouve un court texte. Et, scotché juste en dessous, un morceau de papier visiblement ancien, couvert de lettres et de traits étranges, signé en bas à droite de la main de l'officier Dubut.

— De quoi parle-t-il ? s'interroge Nathan. Les biens de qui ?

— Certainement des prisonniers dont il avait la garde, répond Gabbie. Je sens que ce voyage scolaire va nous permettre d'élucider un nouveau mystère !

— Oui, ça va être vraiment très chouette ! ajoute Axel. J'ai hâte d'y être.

An 1871, Jean-François Dubut, officier militaire en poste à Rochefort, est responsable des prisonniers enfermés au fort Boyard avant leur déportation au bagne de Nouvelle-Calédonie. Mais le jour de sa mort, une lettre parvient à sa famille, accompagnée d'une note gribouillée : « Grâce à mon plan, retrouvez leurs biens : le vrai trésor caché du fort. »

À ce moment, une voix s'élève du salon.

— Nathan, tu peux venir ici une minute ? demande Pierre.

— Qu'est-ce que j'ai fait encore ? soupire-t-il.

Puis il quitte la pièce en traînant des pieds sous le regard intrigué d'Axel et Gabbie.

À peine cinq minutes plus tard, il est de retour dans la chambre d'Axel, tout sourire.

— Alors, il voulait quoi, Papa ? demande Axel.

— Vous n'allez pas le croire ! L'un de vos camarades de classe est malade et ne peut pas

venir à la sortie scolaire, alors votre maître, monsieur Legentil, a proposé à Papa que je prenne sa place.

— Quoi ? Mais c'est super ! s'exclame son frère.

— Comme je suis un ancien élève de monsieur Legentil et que, pendant toute ma primaire, je n'ai jamais eu la chance de faire un voyage scolaire, il a tout de suite pensé à moi.

— Trop cool ! ajoute Gabbie. Ça sera beaucoup plus chouette de se pencher sur cette enquête tous les trois, comme d'habitude !

— Je suis bien d'accord ! avoue Nathan. Je file préparer ma valise. Je me dépêche car cet après-midi, je donne un coup de main à l'épicerie.

— Ça me donne une idée, dit Gabbie. L'idéal serait que l'on t'accompagne. Comme ça, tu nous donneras discrètement l'album photo que Juliette garde dans l'arrière-boutique.

— Oui, on pourrait faire une copie de son contenu. Et ça pourrait nous aider à en apprendre davantage sur notre inconnu, ajoute Axel.

Une heure plus tard, les trois enfants arrivent aux abords de l'épicerie. Gabbie et Axel restent un peu en retrait tandis que Nathan pénètre à l'intérieur. Au bout d'un bon quart d'heure, il passe la tête par une fenêtre de l'arrière-boutique.

— L'album photo n'est plus là ! murmure-t-il. Elle a dû se douter de quelque chose et l'a déplacé.

— Mince, disent en chœur Gabbie et Axel.

— Bon, ça devra attendre notre retour. Je dois y retourner pour ne pas me faire prendre. En attendant, renseignez-vous un peu sur l'officier Dubut et sur la ville de La Rochelle et ses environs, conclut Nathan avant de refermer la fenêtre.

— Ça y est, il donne des ordres, ironise Axel. J'espère qu'il ne va pas vouloir jouer au petit chef pendant le voyage scolaire.

— Cela dit, il n'a pas tort, ajoute Gabbie. Ça serait bien d'en savoir un peu plus sur notre destination avant de partir.

Les heures suivantes, les deux enfants les passent le nez plongé dans les livres d'histoire. Sympas, ils font même des fiches pour leur frère, résumant la situation de la ville et du fort Boyard à travers les siècles.

— Il y a tellement de choses à voir ! Tu crois qu'ils vont nous emmener visiter le fort ? demande Axel à sa sœur.

— J'espère ! répond Gabbie. Regarde, il y a un vague programme des activités et des visites proposées dans notre carnet de correspondance.

— Alors ça... ! dit Axel. Tu sais par quoi on commence ?

— Une visite du fort Boyard ?

— Absolument pas ! répond-il avec un sourire amusé. On commence par la visite du Vieux-Port.

— Et donc ? Qu'est-ce qui te fait sourire comme ça ?

— Qui dit port dit bateau !

— Et tu sais démarrer un bateau et naviguer en pleine mer ?

— Pas du tout, mais on va tout faire pour trouver quelqu'un qui le fera à notre place !

— Monsieur Legentil ne nous laissera jamais faire ça…

— J'y ai déjà pensé. Il suffit qu'on ait un plan pour l'amener à penser que visiter le fort est une très bonne idée !

— Quel génie du mal tu fais ! dit Gabbie avant de partir en fou rire avec son frère.

CHAPITRE 3

Voyage scolaire

Quelques jours plus tard, sur le Vieux-Port de La Rochelle, monsieur Legentil et sa classe suivent Younès, le guide touristique, qui explique avec beaucoup d'enthousiasme la vie locale au XIVe siècle.

— … et la tour Saint-Nicolas servira de défense pour l'entrée dans le port. Quelqu'un sait comment la défense s'organisait ?

— Par des canons ? questionne l'un des élèves.

— Non, pas de canons, sourit le guide.

Nathan, qui dépasse tous les élèves d'au moins une tête, lève la main.

— Oui, jeune homme ?

— Grâce à une chaîne qui était tendue depuis l'autre rive, ce qui empêchait les bateaux d'avancer car les mâts étaient bloqués.

Les élèves de la classe se mettent à rire d'une idée aussi farfelue.

— Du calme, les enfants, ordonne monsieur Legentil. Je vous demanderai de ne pas vous moquer de vos camarades. Chacun a le droit de s'exprimer, même s'il se trompe. Car, je vous le rappelle, c'est en commettant des erreurs que l'on apprend le mieux.

— D'autant plus, interrompt le guide d'une voix calme, que Nathan a raison ! La tour située sur la rive opposée porte d'ailleurs le nom de « tour de la Chaîne ».

— Oh ! répond simplement le professeur, pris de court.

Gabbie et Axel sourient. Ils sont fiers de lui avoir préparé des fiches avec tout un tas d'informations sur la ville. Cela dit, ils sont encore plus étonnés qu'il les ait lues.

— On peut la visiter ? demande Nathan qui profite d'avoir l'attention du guide.

— Ce n'était pas prévu, avoue Younès, mais on peut s'écarter un peu du programme ! Allons-y.

Les élèves se mettent en route.

Gabbie, Nathan et Axel se regardent, complices.

Une fois à l'intérieur, ils étudient rapidement le plan des lieux et Gabbie dit, assez fort pour être entendue du guide :

— On doit avoir une super vue de la ville depuis tout là-haut !

— Effectivement ! On va commencer par là si vous voulez. Suivez-moi, je vais vous montrer tout ça ! répond Younès en entraînant le groupe vers les escaliers menant au sommet de la tour.

Là-haut, la vieille ville de La Rochelle s'étend sous les yeux ébahis des enfants. Le guide, passionné, se lance dans un tas d'explications – plus ou moins intéressantes – sur la gestion du port et parle des célèbres marins qui ont fait escale ici.

— Monsieur, dit Axel, en levant la main pour attirer l'attention du guide. C'est quoi le gros point noir à l'horizon, là-bas ?

— Ah, ça, c'est le fort Boyard !

— On pourra le visiter ? demande aussitôt Axel.

— Non, intervient monsieur Legentil. Ce n'est pas au programme et nous avons suffisamment dévié des activités prévues.

La remarque du professeur glace l'ambiance générale.

— Et si nous allions faire le tour du Vieux-Port à pied pour admirer les autres tours ainsi que

l'écluse Maubec ? propose le guide, en adressant un sourire aux enfants, visiblement gêné par le comportement du professeur.

Gabbie, Axel et Nathan se placent à la fin du cortège et parcourent en silence quelques mètres avant que Gabbie ne dise à ses frères :

— Il faut aller au fort Boyard !

— Mais comment faire ? Ce n'est pas prévu dans les visites et tu vois bien, on a essayé et ça n'a pas marché ! répond Axel.

— Et si nous parlions de notre enquête au guide ? Il a l'air plutôt sympathique. Il pourrait convaincre monsieur Legentil de nous emmener là où on a besoin d'aller pour résoudre ce mystère !

— On peut toujours essayer. Tu t'en charges ? dit Nathan avec un grand sourire.

— OK, OK ! acquiesce Gabbie. Je vais tenter de lui parler quand il sera seul. Pour l'instant, essayons de ne pas attirer l'attention de monsieur Legentil.

Les trois enfants font bonne figure pendant le reste de la visite, puis Gabbie arrive à glisser quelques mots à Younès.

— Il veut nous parler après la visite, dit-elle en revenant vers ses frères. Je crois qu'il est très intéressé par notre histoire de carnet des mystères !

CHAPITRE 4

Une rencontre imprévue

De retour à l'hôtel, Younès convie les enfants à prendre un chocolat chaud au bar-restaurant. Ils lui expliquent en détail le contenu du carnet ainsi que leurs aventures passées.

— C'est très impressionnant, les enfants ! Vous en avez de la chance ! Et vous dites que vous êtes sur la piste d'un trésor ?

— Exactement, dit Gabbie, joyeuse, en lui montrant le carnet des mystères.

— Mais pour réussir notre enquête, nous devons aller sur le fort Boyard ! lâche Nathan.

— Vous en êtes sûrs ? demande Younès, surpris par cette destination.

— Oh que oui ! répond Axel impatiemment. C'est sur ce fort que l'officier a caché les effets personnels des prisonniers.

— Vous croyez que vous pourriez nous y emmener ? ajoute son frère.

— Vous trois ? Je ne pense pas… Comme vous le savez déjà, ce n'est pas au programme des visites et vous êtes sous la responsabilité de monsieur Legentil.

— Mince, marmonne Axel, visiblement contrarié et déçu.

— Pourtant, ce serait l'occasion de trouver quelque chose que personne n'a jamais découvert… insiste Gabbie.

Younès, en pleine réflexion, fixe les enfants

quand, soudain, la voix de monsieur Legentil résonne derrière eux :

— Eh, vous trois ! Qu'est-ce que vous faites ici ? Retournez dans la salle commune avec les autres !

Les enfants obéissent immédiatement. Avant de les quitter, Younès leur glisse :

— Je vais voir ce que je peux faire…

— Vous allez voir quoi ? demande monsieur Legentil qui s'est approché. Qu'est-ce que vous manigancez avec mes élèves ?

Gabbie, Axel et Nathan se regardent, interdits.

— Ces trois enfants ont quelque chose à vous montrer ! répond Younès. Désolé, je n'avais pas le choix, souffle-t-il aux enfants déçus.

Ils sont certains maintenant que leur mission va droit dans le mur. Ils vont échouer. Le professeur confisquera sans doute leur carnet jusqu'à la fin du voyage et ce mystère en restera un à jamais…

À contrecœur, ils dévoilent le principe de leur carnet et révèlent la destination de leur enquête. Une fois leur explication terminée, monsieur Legentil reste muet, les bras croisés et la mine renfermée.

Après de longues secondes de réflexion, il prend enfin la parole :

— Et vous n'avez pas eu l'idée de venir m'en parler directement ?

Les enfants se regardent, stupéfaits. C'est Nathan qui brise le silence :

— Nous étions persuadés que vous ne voudriez pas nous aider. Du coup, nous avons demandé à Younès.

Le professeur, les sourcils toujours froncés, demande à Gabbie de lui donner le carnet. Il le feuillette et s'attarde sur la page contenant le message de l'officier Dubut. Après un moment, il reprend la parole :

— Et vous dites que votre destination est le fort Boyard, c'est bien cela ?

— Euh, oui, répond Axel d'une voix morne.

— Vous pensez que c'est une traversée faisable avec nos élèves ? ajoute-t-il en se tournant vers Younès, visiblement surpris de la question.

— En temps normal non, le fort ne se visite pas.

Mais j'ai une amie qui travaille au conseil régional, je suis sûr que si je lui demande gentiment, elle nous fera une dérogation ! Je peux également appeler un ami pour qu'il nous affrète un bateau qui nous amènerait au fort.

— Et c'est sans danger ? Parfait ! répond le professeur, pensif. Nous allons donc sur le fort et nous allons partager ce mystère avec toute la classe. Cela fera un superbe jeu de piste grandeur nature et un bon sujet d'étude sur une partie de l'histoire locale !

Gabbie, Axel et Nathan n'en croient pas leurs oreilles ! D'une, leur professeur ne les gronde pas, et de deux, ils pourront aller sur le fort Boyard pour tenter de résoudre leur enquête !

— Vous êtes sûr ? demande Gabrielle.

— Comme on dit, plus on est de fous… commence Nathan.

— Plus on a de chance de trouver le trésor ! conclut Axel.

— Bien ! dit monsieur Legentil. Alors, c'est réglé : demain matin, nous partons pour le fort ! Mais je vous en prie les enfants, plus de secrets de la sorte entre nous. Je peux vous faire confiance ?

— Oui monsieur, répond en chœur la fratrie.

Le lendemain matin, Nathan est sur le pont du navire sur lequel toute la classe a embarqué, direction le fort Boyard. Il est accroché à la balustrade, malade : il a le mal de mer. Gabbie est à ses côtés, tentant de le rassurer, mais elle n'arrive pas à s'empêcher de se moquer, gentiment, de lui. Pour Nathan, les vingt minutes de traversée sont longues… très longues !

Axel en profite pour exposer à ses camarades les informations qu'il a collectées sur le fort :

— Le fort Boyard est long de soixante-huit mètres et large de trente et un mètres. C'est comme un demi-terrain de football.

— Et il a fallu près de 160 000 m^3 de pierres pour le construire ! ajoute Younès.

— Ce qui fait… beaucoup ! rigole Axel.

— Qu'est-ce qu'il y a sur le fort ? demande Mila, l'une des copines de Gabbie.

— Pas grand-chose. Car ce qu'il faut savoir, c'est que quand sa construction fut achevée, il n'était plus vraiment utile.

Face aux regards interrogatifs des enfants, Younès se lance dans un résumé de la construction du fort.

— Le fort a été imaginé dès le XVIIe siècle, pour protéger la ville de Rochefort. À l'époque, les bateaux ennemis pouvaient passer entre les îles d'Aix et d'Oléron, en étant hors de portée des canons. Mais construire un fort en pleine mer, sur un banc de sable, n'est pas facile. Il faudra attendre deux siècles pour que les travaux commencent. Et on mettra plus de cinquante ans à le terminer. Mais, une fois construit, on se rend compte que les canons tirent plus loin qu'avant, les armements ont changé… Le fort ne sert plus à rien !

— Attention, nous arrivons ! informe le capitaine du bateau.

Tout le monde est surexcité à l'idée d'accoster sur ce monument impressionnant.

— À quoi a-t-il servi, alors ? demande Mila.

— Il a été transformé en prison pendant la Commune de Paris. Et selon le carnet de vos camarades, c'est à cette époque que l'officier Dubut était en poste ici.

— Et c'est son mystère que nous allons élucider ! conclut Axel.

Tous les enfants se regardent, ravis !

Axel se tourne alors vers Gabbie :

— Prête, ma chère Gabbie Holmes ?

— Évidemment, mon cher Waston !

Dans quelques secondes, ils poseront le pied sur le fort Boyard. Ils ont tellement hâte de résoudre le mystère !

CHAPITRE 5

Bienvenue au fort Boyard

Par chance, aujourd'hui, la mer n'est pas trop agitée et tous les élèves parviennent à débarquer tranquillement sur le fort.

Gabbie et Axel sont les premiers à s'engouffrer dans le tunnel qui mène à la cour, suivis de près par Nathan qui immortalise la journée par une série de photos.

Ils débouchent tous les trois dans l'enceinte et leur émerveillement est total : l'architecture et les arches qui font le tour du fort sont incroyables.

— C'est encore plus impressionnant que je l'imaginais ! s'exclame Axel.

— Grave, ajoute Nathan.

Monsieur Legentil, Younès et le reste de la classe rejoignent les enfants.

— Eh bien, c'est quelque chose ! dit le professeur tout aussi ébahi.

— Il n'a pas bougé, il est comme dans mes souvenirs... ajoute le guide.

— Oh ! vous êtes déjà venu ici ? demande Mila.

— Oui, répond-il. Quand je faisais mes études d'histoire, nous venions avec des amis pour nous imprégner de l'atmosphère de ce monument.

— Ça devait être super ! remarque Mila.

— C'est vrai, ajoute Gabbie. Et aujourd'hui, à nous de l'explorer !

— Tu as raison Gabbie, acquiesce monsieur Legentil. D'ailleurs, sais-tu par où nous devons commencer les recherches ? Et surtout, que faut-il chercher ?

— Eh bien… pas vraiment, avoue Gabrielle. Tout ce que nous savons, c'est qu'il y a un trésor laissé ici par l'officier Dubut.

— Tu ne veux tout de même pas dire qu'il va nous falloir inspecter les dizaines de cellules du fort ? s'inquiète Younès.

— Il n'y en a que soixante-douze ! ironise Axel. C'est vite fait.

Monsieur Legentil ajoute :

— Je propose que nous fassions le tour du fort pour découvrir les lieux et en apprendre un peu plus sur son histoire. Younès, vous voulez bien nous guider ?

— Bien sûr, répond Younès. Et je pense qu'Axel serait un très bon assistant pour cette visite. Qu'en penses-tu, Axel ?

Ce dernier est ravi ! On lui propose de faire le guide le temps de la visite. Il va pouvoir exposer à ses camarades toutes les anecdotes qu'il a amassées pendant ses recherches, et dont il n'a pas eu le temps de parler sur le bateau.

— Avec grand plaisir ! répond-il, le visage rayonnant de bonheur.

Rapidement, il se tourne vers sa sœur et Nathan :

— Pendant ce temps, essayez de découvrir dans quelle pièce logeait l'officier Dubut. Cela pourrait être un bon point de départ !

— Bonne idée, acquiesce Nathan.

Puis, tout en leur envoyant une série de plans du fort avec son nouveau téléphone, Axel ajoute :

— J'ai tenté de reproduire les plans de l'époque, avec les numéros de cellules et les fonctions de chacune, mais je n'ai pas eu le temps de finir. Cela devrait tout de même vous être utile.

Il tourne les talons et rejoint le reste de la classe.

— Venez, c'est par ici que la visite commence, fait-il en désignant un large escalier de pierre humide et verdi par les années, qui mène à l'étage supérieur.

Gabbie regarde de plus près les documents fournis par son frère. Toutes les pièces, ou presque, ont été transformées en cellules au fil du temps. Mais, avant, il y avait des pièces réservées à l'infirmerie, d'autres au cordonnier, aux cuisiniers… Une vraie petite ville au milieu de l'eau.

— Et si nous allions tout là-haut ? dit Gabbie en désignant la vigie. On doit avoir une vue magnifique sur les environs et la cour. C'est l'endroit idéal pour installer les quartiers d'un officier chargé d'assurer la surveillance du fort et de ses prisonniers.

— En voilà une bonne idée ! se réjouit Nathan, tout en regardant le plan fourni par Axel. Viens, je crois qu'il y a un petit escalier qui monte jusqu'à la terrasse.

Sans perdre un instant, ils s'élancent dans l'escalier. Et c'est avec le souffle court et les joues rougies par l'effort qu'ils parviennent au sommet du fort.

— Piouf ! souffle Nathan, ça en fait des marches !

— Encore quelques-unes et nous serons dans le bureau de la vigie. Allez, courage !

Une fois arrivés, ils restent bouche bée. C'est effectivement magnifique ! D'ici, ils voient tous les alentours et ont une vue imprenable sur l'intérieur du fort.

Pour couronner le tout, la pièce est restée presque intacte et ils y trouvent tout un tas de vieilleries : un bureau et sa chaise, des cartes, des bouées de pêche en verre, une armoire remplie de registres, des boulets de canon, une longue-vue posée au sol, ainsi qu'une boîte refermant un nombre impressionnant de clés.

— Je resterai des heures à regarder l'horizon, murmure Gabbie, rêveuse.

— Ce n'est pas comme ça qu'on va résoudre notre mystère, ironise Nathan.

— Tu as raison, rigole-t-elle. Fouillons un peu la pièce.

Sans plus attendre, mais avec une grande précaution et beaucoup de respect, ils entament leurs recherches.

Ils découvrent des documents consignant les déplacements des navires venus se ravitailler ou décharger leurs marchandises à Rochefort, des carnets décrivant la différence du niveau de l'eau entre la pleine et la basse mer, des cartes maritimes faisant état du banc de sable sur lequel est construit le fort, des livres d'inventaires indiquant le compte des vivres du fort, ainsi qu'un registre rempli de noms.

Pour les enfants, ce sont certainement ceux des prisonniers car, en face de chaque nom, est inscrit un numéro de cellule.

— Je sens qu'on se rapproche ! souffle Gabbie.

— Perso, je n'ai rien trouvé qui puisse avoir un rapport avec notre officier : aucune énigme, aucune note ! soupire Nathan.

— Moi non plus, mais il doit y avoir quelque chose, quelque part ! Pourquoi la lettre qu'il a envoyée à sa famille nous aurait menés ici, sinon ?

— Tu as raison, admet-il avant de porter son attention sur trois marques dans le sol de la pièce, manifestement creusées par quelqu'un assez maladroitement. Gabbie, reprend-il, tu ne trouves pas que ces traces sont étranges ?

La jeune fille observe les marques avant de dire :

— Ce qui est étrange, c'est qu'elles forment un triangle parfait, comme si l'on devait insérer un trépied.

Les enfants restent silencieux quelques instants. Soudain, Nathan attrape la longue-vue qui traîne par terre et positionne les pieds dans les trous au sol.

— Ça rentre, s'écrie-t-il ! Les pieds de la longue-vue s'insèrent parfaitement dans les trous.

Il essaie de régler l'appareil, mais en vain.

— Ah, mince, on dirait qu'elle est rouillée, je n'arrive pas à la faire pivoter.

Alors qu'il est en train de forcer sur le mécanisme pour tenter de rendre sa mobilité au corps de la longue-vue, Gabbie l'interrompt brusquement.

— Attends ! C'est peut-être intentionnel !

Nathan lève un sourcil, mais laisse Gabbie regarder à travers la lentille. Avec son mécanisme bloqué, la longue-vue est dirigée vers la mer, mais tout est flou. Gabbie tente de faire la mise au point, mais là encore, le système est bloqué.

— Aide-moi à la soulever et à la tourner, je voudrais changer son orientation.

— Pour quoi faire ? demande Nathan, explique-moi !

Le sourire aux lèvres, Gabbie répond d'une voix emplie d'excitation :

— Si la longue-vue bloque ainsi, je ne pense pas que ça soit par hasard. Elle est bloquée dans une position bien précise, en hauteur et en largeur, et même la mise au point ne peut pas être changée.

Alors, soit cette longue-vue est trop vieille et toute rouillée, soit elle a été bloquée délibérément dans cette position pour indiquer quelque chose !

— Gabbie, tu es la meilleure ! s'écrie Nathan.

En faisant pivoter la longue-vue dans un sens, l'oculaire se retrouve collé contre la vitre de la vigie. Les enfants essaient alors la dernière position, avec le tube dirigé vers l'intérieur du fort. Gabbie s'approche de l'œilleton et regarde à l'intérieur.

— Alors ? demande Nathan.

— Je crois qu'on a trouvé quelque chose ! répond la jeune fille avec un grand sourire.

— Fais voir !

La longue-vue pointe vers l'un des piliers du second étage, sur lequel est fixé, très discrètement, un objet métallique semblable à une petite pièce de monnaie.

— Allons voir ce que c'est ! s'écrient-ils au même moment.

CHAPITRE 6

Nouvel objectif !

Gabrielle et Nathan descendent quatre à quatre les marches de la vigie, impatients d'aller constater leur découverte. Mais la première chose qui les frappe quand ils se retrouvent au niveau inférieur, c'est l'absence de bruit. Une classe entière en pleine visite du fort Boyard, c'est tout sauf silencieux ! Pourtant, là, ils perçoivent à peine le bruit des vagues qui frappent le navire de pierre. Ils parcourent silencieusement l'étage. Personne.

— Tu crois qu'ils sont partis ? Ou qu'il leur est arrivé quelque chose ? s'inquiète Gabbie.

— Non, je suis persuadé que tout va bien. Ils sont certainement en train de visiter l'une des pièces un peu plus bas, c'est pour ça qu'on ne les entend pas.

— D'accord, répond sa sœur à peine plus rassurée.

Ils font quelques mètres supplémentaires avant que Gabbie n'appelle en hurlant :

— Axel ?!

Sa voix résonne dans tout le fort.

— Mais qu'est-ce que tu fais ? s'étonne Nathan.

— Ce silence n'est pas normal, ça ne me dit rien qui vaille.

Visiblement, Nathan semble comprendre l'inquiétude de sa sœur, et tous deux se mettent à appeler leur frère. Soudain, un bruit sourd et répétitif se fait entendre.

— Écoute ! ordonne Gabbie.

— Ça vient de l'étage en dessous, s'écrie Nathan en s'élançant dans les escaliers.

Quelques secondes plus tard, le voilà sur la plateforme centrale surplombant la cour, suivi de près par sa sœur.

Au fur et à mesure qu'ils s'approchent de la cellule 119, le bruit s'intensifie. Gabbie colle son oreille à la lourde porte en bois.

— Axel, tu es là ? demande-t-elle, la voix tremblante.

— Oui, répond une voix étouffée par l'épaisseur de la porte. Tout le monde est avec moi.

— Vous allez bien ? s'inquiète Nathan.

— Oui, tout va bien !

— Mais comment vous êtes-vous retrouvés enfermés là-dedans ?

— Nous étions en train de visiter et de regarder la vue, quand la porte s'est refermée sur nous ! Et vous, ça va ?

— Oui ! répond Gabbie tout excitée d'avoir, non seulement retrouvé son frère, mais aussi de partager bientôt une super nouvelle sur leurs recherches. Mais avant de te raconter ce que l'on a découvert, nous devons trouver un moyen de vous sortir de là !

— J'ai une idée ! s'écrie Nathan. Tu te souviens, Gabbie, il y avait une boîte pleine de clés ; avec un peu de chance, celle de la cellule 119 est dedans ! Je reviens !

Avant que Gabbie n'ait le temps de répondre, voilà le jeune homme en pleine course en direction des escaliers. En attendant que son frère revienne, Gabbie essaie d'enfoncer la porte à grands coups d'épaule. Mais hormis se faire mal au bras, elle n'obtient aucun résultat. Quelques minutes plus tard, revoilà Nathan les mains chargées de clés.

— Il n'y a plus qu'à trouver la bonne ! soupire Gabrielle.

Une à une, les enfants les testent sans grand succès. Jusqu'à ce que…

— Regarde ça ! dit Gabbie.

Elle tient au bout des doigts une vieille clé, semblable à toutes les autres, à laquelle est suspendue une étiquette jaunie portant l'inscription manuscrite « passe-partout ».

Quelques secondes plus tard, la lourde porte grince en s'ouvrant, libérant ainsi les prisonniers reconnaissants.

— Bravo les enfants, félicite monsieur Legentil. Je vous avoue que je n'avais pas envie de passer le reste de mes jours enfermé dans une cellule du fort Boyard !

Gabbie, Nathan et Axel se jettent dans les bras les uns les autres, plus que ravis de s'être retrouvés.

— Pourquoi vous n'avez pas essayé de nous appeler avec ton téléphone ? demande Gabbie à Axel.

— Parce que les murs du fort sont trop épais ! Ils empêchent les signaux de passer, je n'ai aucun réseau… Alors, comme ça, vous avez trouvé quelque chose ? Qu'est-ce que c'est ? ajoute-t-il, brûlant d'impatience de tout savoir.

Gabbie explique à Axel, et à tous ses camarades de classe qui se sont regroupés autour d'eux, leur découverte dans la vigie et l'utilisation de la longue-vue.

— C'est très malin ! s'extasie Axel.

— Allez, venez, s'écrie Nathan en faisant un geste de la main pour que tout le monde le suive dans son élan. On va vous montrer ce que nous avons vu là-haut.

— Attendez, j'ai quelque chose à vous faire voir moi aussi, dit Axel. Quand on était enfermés, on a réfléchi tous ensemble, et on est d'accord pour dire que parmi les dizaines de salles que nous avons parcourues, seule cette cellule dispose d'un système de « sécurité ».

Tout en parlant, Axel se dirige vers un coin de la pièce et pose le pied sur l'un des pavés situés au sol. Ce dernier, contre toute attente, s'enfonce et émet un « clic » mécanique. L'instant d'après, la porte de la cellule commence à se refermer. Mais cette fois-ci, deux élèves bloquent sa fermeture pour éviter qu'ils ne se retrouvent de nouveau enfermés.

— Waouh, impressionnant ! s'exclame Nathan, bluffé par cette démonstration.

Perplexe, Gabbie fronce les sourcils.

— C'est étrange qu'une seule pièce dans le fort possède ce genre de protection. Comment l'avez-vous découvert ?

— On était sûrs d'être seuls dans le fort, répond Younès, et personne n'était derrière nous.

— Axel a donc suggéré que la porte s'était peut-être refermée toute seule, reprend monsieur Legentil. Et, en explorant la cellule, nous avons trouvé ce pavé.

— Incroyable ! félicite Gabbie.

— C'est vraiment un hasard que nous soyons entrés dans cette cellule. Mais si cette pièce est différente des autres, c'est qu'elle protège quelque chose ! Je me suis mis à observer attentivement les murs et les jointures entre les pierres à la recherche du moindre détail qui pourrait nous aider à découvrir son secret.

— Et c'était très étrange de le voir agir ainsi, interrompt monsieur Legentil d'une voix amusée.

— Mais je n'ai rien trouvé, reprend Axel comme si de rien n'était. Déçu, je me suis assis au sol et c'est à ce moment-là que j'ai compris ce qu'il fallait faire, conclut-il en pointant du doigt les pavés.

— Les pavés ? dit Gabbie.

— Oui, les pavés ! Sur certains, il y a des morceaux de dessins qui ne représentent rien. Et puis, j'ai remarqué que les pavés n'étaient pas scellés entre eux, et qu'on pouvait les faire pivoter. Alors, tous ensemble, on les a bougés pour tenter de reconstituer un dessin qui avait du sens, grâce aux traces de peinture.

Et, soudain, tous les élèves de la classe s'écartent et se placent le long des murs de la pièce. Apparaît alors au centre une mosaïque faite de pierres peintes, représentant une tête de lion.

— C'est… fou, s'extasie Gabrielle.

Nathan, lui, ne dit rien, estomaqué par la découverte de son frère.

Axel reprend la parole :

— Et vous voulez connaître le clou du spectacle ?

Gabbie et Nathan hochent la tête, impatients.

— Eh bien, au moment où l'on a posé le dernier pavé, quelque chose est tombé du plafond…

Axel tenait dans la main une petite capsule métallique allongée.

— Qu'est-ce qu'il y a à l'intérieur ? demande Nathan.

— Eh bien ça, je n'en sais rien ! Nous vous attendions pour l'ouvrir ! répond Axel tout sourire, avant de dévisser le capuchon de la capsule.

À l'intérieur, un petit parchemin, soigneusement roulé, parcouru d'une nouvelle série de lettres incongrues avec, toujours en bas à droite, la signature de l'officier Dubut.

— Qu'est-ce que ça veut dire tout ce charabia ? demande Mila, penchée au-dessus de l'épaule d'Axel.

— Aucune idée ! répond-il, un brin frustré.

CHAPITRE 7

Gare à la chute !

C'est au tour de Gabbie et Nathan de montrer leur découverte à la classe.

Ils guident le groupe jusqu'au pilier d'une arcade de l'étage supérieur. Arrivé sur place, tout le monde scrute les pierres.

— Je ne vois plus rien, dit Nathan, visiblement déçu. Pourtant, je suis persuadé que c'est bien ce pilier-ci.

— Je l'ai trouvé ! dit Axel. Mais ça ne va pas être simple de l'attraper.

Un petit rond métallique, semblable à une pièce de monnaie, est visible sur l'extérieur du pilier.

— Il n'y a pas d'autre solution, dit Axel en regardant le pilier. Il va falloir enjamber la rambarde supérieure et marcher sur la bordure en pierre pour aller le chercher.

— À quasiment quinze mètres du sol ? s'inquiète Gabbie.

— Oui, je ne vois pas d'autre solution.

— Mais même si l'on fait ça, il faudra sacrément se pencher pour l'atteindre, intervient Nathan. Attendez… j'ai une idée ! Mais elle ne va pas vous plaire !

Quelques minutes plus tard, malgré la désapprobation de monsieur Legentil, quelques élèves font des allers-retours entre la terrasse du fort et la vigie, vidant cette dernière de tous les cordages disponibles.

— C'est de la folie, de la folie pure ! s'égosille monsieur Legentil en regardant Nathan s'attacher une corde autour de la taille.

— Ne vous inquiétez pas, monsieur, répond-il, on a déjà fait bien pire avec Gabbie et Axel. Et puis ça fait des années que je pratique l'escalade, je ne risque pas grand-chose : tout est sous contrôle !

Gabbie et Axel ne peuvent contenir leur surprise.

— Ah bon ? disent-ils en chœur.

— Mais oui ! lance Nathan en leur adressant un clin d'œil.

L'autre extrémité de la corde est passée autour d'un des piliers de pierre de la terrasse, et pas moins de six enfants s'apprêtent à soutenir le poids de Nathan durant sa descente en rappel, dans la cour du fort.

— Prêt ? demande Gabbie.

— Autant qu'on puisse l'être, répond Nathan d'une voix résolue, avant de commencer à se laisser glisser le long de la paroi.

En quelques enjambées, il se retrouve face au morceau de métal aperçu depuis la vigie.

— Ça m'a tout l'air d'être encore un cylindre. Il est encastré dans la roche, mais c'est coincé, crie-t-il depuis sa position.

Sa voix se répercute et résonne dans tout le fort,

donnant une impression de vide encore plus vertigineux sous ses pieds.

— Je vais essayer avec mon canif !

Nathan sort doucement de sa poche un petit canif rouge. Le manipulant avec précaution pour éviter de le faire tomber, il en fait pivoter la lame et s'en sert de levier pour extraire l'objet du mur.

— On a un problème ! s'écrie soudainement Younès qui s'est joint aux enfants pour soutenir le poids de Nathan. Il faut que tu te dépêches de remonter !

— J'y suis presque ! marmonne Nathan en forçant sur son canif.

Gabbie se rapproche de Younès qui lui fait un signe en direction du pilier de pierre par lequel passe la corde.

— Oh non ! hurle-t-elle. Nathan, remonte ! Remonte tout de suite !

— Encore quelques secondes, je vais l'avoir !

— Non, tu n'as plus le temps ! Ne fais pas l'idiot, reviens ! crie son frère.

— Je l'ai ! Allez-y, remontez-moi, dit Nathan.

Tout le monde se jette sur la corde et tire pour le hisser. À l'instant où Nathan attrape la rambarde de la terrasse, le pilier de pierre se fissure et chute dans la cour.

— Détache-toi ! lui hurle Axel.

Nathan comprend en une fraction de seconde la situation : s'il n'arrive pas à enlever la corde qu'il a autour de la taille, la pierre va l'entraîner dans sa chute et il risque de finir étalé comme une crêpe dans la cour du fort Boyard. Ses doigts moites glissent sur la corde, le nœud est trop serré, il n'arrivera pas à s'en défaire aussi rapidement !

— Ton canif !

La voix de Gabbie, paniquée, résonne dans le fort et dans l'esprit de Nathan. Mais oui ! Le canif !

Rapidement, Nathan parvient à couper la corde, à peine une seconde avant la grande catastrophe… Le morceau de pilier s'écrase dans un vacarme assourdissant sur le sol de la cour, et se fracasse en une centaine de petits débris.

— Ça va ? demande Gabbie, blanche comme un linge.

— Tu n'as rien ? ajoute Axel, à peu près dans le même état.

— Non, ça va, ça va, répond Nathan en reprenant sa respiration. Mais s'il vous plaît, vous ne dites rien à Papa ni à Sophie, OK ?

Il enjambe la rambarde, s'allonge sur le sol de la terrasse et tend le cylindre à Gabbie.

— Tiens, tu l'ouvres ? Qu'on n'ait pas fait tout ça pour rien ! fait-il d'une voix haletante. Moi, je vais rester un peu allongé ici.

— Quelqu'un a de l'eau ? demande Younès agenouillé un peu plus loin, monsieur Legentil évanoui dans ses bras. Je crois qu'il y en a un ici qui a eu sa dose de sensations fortes !

L'un des enfants sort de son sac à dos une gourde et la donne à Younès.

— Merci beaucoup, dit-il avant de s'adresser à Gabrielle. Alors, il y a quoi dans ce cylindre ?

— Un autre parchemin, tout aussi énigmatique que les précédents, souffle-t-elle.

— Ça doit bien vouloir dire quelque chose, observe Axel en réunissant les trois parchemins côte à côte.

— Moi, je ne suis pas en état de réfléchir ! gémit Nathan.

Gabbie se poste aux côtés de son frère et ils restent tous les deux, de longues minutes, à contempler les bouts de papier.

Finalement, Nathan les rejoint puis, après quelques instants, s'écrie :

— Gabbie Holmes, Axel Watson, je crois que Nathan Lestrade sommeille en moi ! Je sais ce qu'on doit faire maintenant !

Et toi, as-tu compris ?

Si tu penses, comme Nathan, savoir ce que doit faire le trio, va vite vérifier ta théorie dans les pages qui suivent !

Officier Dubut

CHAPITRE 8

Toujours plus Fort ?

— À toi de jouer dans ce cas ! dit Axel en souriant.

Nathan s'empare des trois parchemins.

— Regardez, si l'on superpose les trois papiers et que l'on regarde au travers, au centre on voit un dessin du fort Boyard…

— Et sous le fort, ça forme un texte ! coupe Axel. Nathan, tu es trop doué !

— Grave ! claironne-t-il.

— Ça faisait longtemps ! soupire Gabbie. Il va encore se vanter de sa trouvaille pendant des jours !

— Voire des semaines, ajoute Axel.

— Ça suffit vous deux, riposte Nathan en leur adressant une petite tape amicale sur l'épaule. Bon alors, qu'est-ce que ça dit ?

Axel positionne les parchemins face au soleil afin de lire nettement les inscriptions, puis clame haut et fort le texte :

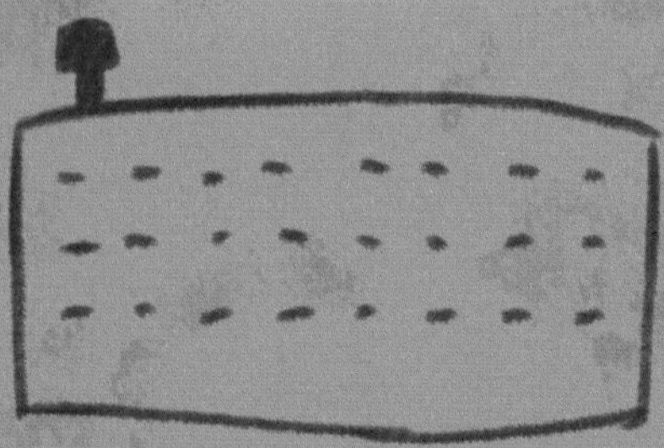

À L'OPPOSÉ DU NORD-EST, JE VOUS INVITE À MONTER
MAIS JE CACHE EN MON SEIN DE QUOI VOUS RENDRE
SOUS L'INUTILE. DES CLÉS VOUS AUREZ BESOIN.

Officier Dubut

— Encore une énigme ? se lamente Nathan. On n'arrivera donc jamais au bout !

L'un de ses camarades de classe s'exclame alors :

— L'opposé du nord-est, c'est le sud-ouest !

Un autre affirme d'une voix tout aussi passionnée :

— « Je vous invite à monter », ça parle sûrement d'un escalier !

Une troisième ajoute :

— Et « l'inutile », ça ne serait pas le fort ? Younès, vous nous avez dit tout à l'heure sur le bateau qu'il avait eu ce surnom de « fort de l'inutile » ! Du coup, si on doit aller dessous, c'est forcément à partir du rez-de-cour !

Gabbie et ses deux frères restent bouche bée !

— Waouh, dit la jeune fille, vous avez

mérité votre diplôme d'apprentis chasseurs de mystères ! Allons tout en bas, au sud-ouest, pour trouver un escalier qui descend sous le fort !

— Je ne suis pas fâché de redescendre, murmure Nathan.

— Je passe chercher les clés qu'on a laissées devant la cellule 119 et j'arrive, dit Axel avant de s'élancer dans la direction opposée à celle du groupe.

Après avoir descendu un certain nombre de marches, tout le monde se rassemble devant l'un des petits escaliers de service du fort, mais qui ne fait que monter…

— Et maintenant ? demande Younès, intrigué.

— Il ne reste plus qu'à trouver les serrures, propose Axel en tendant les clés récupérées.

Enfants et adultes s'affairent à regarder un peu partout, à la recherche d'un orifice dans lequel insérer une clé. Axel éclaire, avec la torche de son téléphone, le côté de l'escalier qui, du fait de son orientation, est tout le temps dans l'ombre.

— Je crois qu'on n'aura pas besoin de ces clés-là, dit-il. Passez-moi les cylindres qui protégeaient les parchemins.

Gabbie, étonnée, les lui tend. Axel glisse alors les petits conteneurs dans deux trous circulaires à même le mur. Aussitôt, la paroi émet un « clic » et pivote sur elle-même, s'ouvrant sur un escalier qui s'enfonce dans les profondeurs obscures du fort.

— C'est encore mieux que je l'imaginais ! dit Gabbie en entamant prudemment la descente.

Axel, Nathan et Younès suivent de près, tandis que monsieur Legentil et le reste de la classe attendent prudemment en haut.

Les quatre chasseurs de mystères avancent et débouchent dans une pièce sombre, identique aux cellules des étages mais meublée différemment. Il y a des bureaux, des chevalets, de vieux tubes de peinture, des amas de terre brunâtre. Ils poursuivent leur exploration jusqu'à une nouvelle salle, puis une autre, puis encore une autre. Au total, ce n'est pas moins de cinq pièces, toutes meublées de façon plus ou moins semblable, et un long couloir qu'ils

découvrent dans le sous-sol du fort. Il fait étonnamment doux, comme si l'atmosphère protégeait les livres et les objets contenus dans les pièces.

— À quoi tout ça pouvait servir ? marmonne Gabbie.

— Pas la moindre idée, répond Nathan, perplexe.

— Je crois que nous avons notre réponse, observe Axel en pénétrant dans une sixième pièce plus vaste que les autres.

— C'est… c'est magnifique ! s'exclame Gabrielle, émerveillée.

— C'est très surprenant ! ajoute Younès.

Dans cette nouvelle salle sont accrochés aux murs des tableaux de divers peintres, sur des stèles de fortune sont exposées des sculptures et, dans une étagère un peu bancale, une série de romans et de recueils de poésie.

— C'est un musée d'œuvres inédites ! se réjouit Axel en déambulant dans la pièce. Tout ce que l'on a devant les yeux a certainement été créé par les artistes prisonniers du fort. C'est incroyable !

— Le voilà le trésor dont parlait l'officier Dubut ! Un vrai trésor !

— Le mystère du fort Boyard est résolu, se réjouit Nathan. Il faut que l'on prévienne les autres, et que les gens d'un musée viennent récupérer tout cela.

— Oui, tu as raison, répond Younès, et il faut que toute cette histoire soit révélée au grand jour.

— Venez voir, dit Gabbie en désignant un livre ouvert sur une table près de l'entrée. C'est un message de l'officier Dubut !

Si vous êtes arrivé jusqu'ici, vous venez de découvrir ce que, pendant tant d'années, je suis parvenu à dissimuler. Chaque jour, je me suis arrangé pour faire descendre ici une dizaine de prisonniers et les ai laissés exprimer leur créativité, afin qu'ils perpétuent leur art et retrouvent le goût de vivre.

J'imagine qu'au moment où vous lirez ces lignes, peu d'entre nous auront survécu, mais ces œuvres sont leur héritage. Elles nous montrent pourquoi la vie vaut la peine d'être vécue !

Faites-en bon usage !

Officier Dubut